Absonderliches Verhalten...

...wenn 2 sich kennenlernen

von
Johann Henseler

Inhalt:

9 783749 465767

Bibliografische Information der Deutschen Nationalbibliothek:

Die Deutsche Nationalbibliothek verzeichnet diese Publikation in der Deutschen Nationalbibliografie. Detaillierte bibliografische Daten sind im Internet über http://dnb.dnb.de abrufbar.

Herstellung und Verlag:

BoD – Books on Demand,

Norderstedt

ISBN 9783749465767

1. Aussichtslose Ausgangslage

Als lernbegieriger Student hielt ich mich jeden Tag mindestens 8 Stunden in Fachseminaren auf, versäumte kaum eine Vorlesung und erforschte die Bibliotheken, brachte also fast meine gesamte Zeit in der Universität zu, aus dem einfachen Grund, weil die häuslichen Verhältnisse aus Platzmangel nicht günstig für ein ruhiges Studieren waren. Da ich auch in Seminaren häufig mitredete, war ich bald einem Gutteil der Studentenschaft bekannt. Mich interessierten besonders Studentinnen sehr, sie interessierten sich allerdings nicht für mich.

Im Nachhinein erscheint mir das so unverständlich nicht.

Mein äußeres Erscheinungsbild war wenig geeignet, interessierte Blicke des anderen Geschlechts zu provozieren.

Auch wenn die Toleranz in Kleidungsfragen in den 60 ern des vorigen Jahrhunderts wahrscheinlich größer war als heute, so überschritt ich doch mit meinem Outfit deutlich eine Schmerzgrenze für auch noch so tolerante Altersgenossen, ohne dass mir das bewusst war. Erst aufgrund deutlicher Hinweise aus meinem Bekanntenkreis sah ich mir selbstkritischer an, was ich der Mitwelt zumutete.

Ins Auge fielen zunächst meine braunen Schlabberhosen, die vermuten ließen, dass ich sie aus Opas Kleiderschrank entwendet hätte. Darüber hing ein übergroßer, gestrickter wollener grüner Sack mit einem riesigen weißen Muster, der später von einem Saufkumpan als „oft bekotzter skandinavischer Fischficker-Pullover" charakterisiert wurde. Nach dieser Titelverleihung kritisierte er meine spitzen italienischen Halbschuhe mit der Behauptung, sie seien „lebensgefährliche Arschtrittschuhe", weil sie nach einem Tritt im Ziel stecken blieben und den Träger selbst aus dem Gleichgewicht bringen könnten. Mein Bürstenhaarschnitt erinnerte an die Frisur eines GI's und war wenig geeignet, auch nur Ansätze einer Attraktivität zu unterstreichen. Das großväterliche Attribut eines Regenschirms mit den

Ausmaßen eines Pavillons trug ich ständig bei mir. Er vollendete die unfreiwillig komische Aufmachung.

Auf meine Zielgruppe, die Studentinnen, musste diese pittoreske Zusammenstellung, für jeden Zeitgenossen offensichtlich, nur nicht für mich, geradezu abschreckend wirken.

Das war aber nicht der alleinige Grund meiner fruchtlosen Bemühungen um das andere Geschlecht. Man kann meine Annäherungsversuche mit einer gewissen Nachsicht oder besser aus Mitleid als ungelenk bezeichnen, weniger empfindsamen Seelen könnten eher Vokabeln wie „psychisch gestört" oder „kabarettreif" passender erscheinen.

Ich hielt es für den Gipfel der erotischen Annäherung mit intellektuellen Spitzfindigkeiten und gewagten Thesen den — erfolglosen — Versuch zu unternehmen, Eindruck zu schinden, wobei mir die Angesprochenen entweder aus Höflichkeit keine Beachtung schenkten, sich müde lächelnd abwandten oder schlicht von mir verlangten, das

Maul zu halten. Es hätte mir zu denken geben müssen, dass ich, als ich Karneval unverkleidet eine studentische Tanz- und Bierbar besuchte, kurzzeitig Erfolg bei einer mir völlig unbekannten Kommilitonin hatte, weil sie „meine Verkleidung so witzig" fand.

So scheiterten meine Annäherungsversuche sämtlich, aber so schnell ließ ich mich nicht entmutigen. Ich traute mir sogar in einer aus heutiger Sicht geradezu als realitätsfern zu bezeichnenden Selbsteinschätzung zu, dort erfolgreich zu sein, wo schon erfahrenere Eroberer als ich gescheitert waren.

2. Die Konkurrenz

Ich war auf eine Strategie verfallen, wie ich auf unverfängliche Weise ins Gespräch mit Studentinnen kommen könnte, ohne dass sie mich ignorieren konnten. Der Arbeitsraum im Geografischen Seminar war durch einen Flur von der Seminarbibliothek getrennt. Die Bücher, mit denen man arbeiten wollte, mussten am Bibliothekseingang als „entliehen" eingetragen und nach Gebrauch dort auch wieder als „zurückgegeben" ausgetragen werden. Diese Arbeit organisierte die Studentenschaft selbst durch freiwillige unbezahlte Aufsichten. Ich ließ mich in der Woche mindestens für eine Stunde täglich als Aufsicht eintragen. In dieser Zeit kam keiner, ohne von mir Kenntnis zu nehmen, an mir vorbei. Wenn mir langweilig war oder für andere Aufgaben die Zeit zu knapp war, pflegte ich mir Bücher aus den Regalen zu nehmen, darin herumzublättern und außer dem Inhaltsverzeichnis auch schon mal einen Abschnitt zu lesen. Das verschaffte mir nach einiger Zeit einen Überblick über die bereitgestellte Literatur und manche Studenten und auch

Studentinnen nahmen gern meine Kenntnisse der Bibliotheksbestände in Anspruch.

Nach einiger Zeit hatte ich ein Auge auf eine Studentin geworfen, Hildy mit Namen, die sich vor einer Phalanx von sabbernden Verehrern kaum retten konnte und so ungefähr das totale Gegenteil von mir darstellte: mit Jeans, Parka und Segeltuchschuhen modisch up to date, mit einer attraktiven Kurzhaarfrisur, die sie sich, wie ich später erfuhr, selber zurechtstutzte, und die perfekt zu ihrem schmalen, zum Kinn spitz zulaufenden Gesicht und ihrer androgynen, schlanken und durchtrainierten sportlichen Figur passte. Sie war stets von einer Schar von irgendwelchen besserwisserischen Quasselköpfen umlagert, die sich ihr als kenntnisreiche Jungakademiker andienten, die ihr mithin wertvolle Hilfen und Tipps für ihr Studium geben könnten. Je dreister die Anmache, desto ärmlicher war ihr von Sachkenntnis weitgehend ungetrübtes Gestammel. Für einen Zaungast, wie ich es war, wurde es jedoch überdeutlich, in welchem Ausmaß sich die selbsternannte Freiergruppe in kaum versteckter, ja, unübersehbarer erotischer bis sexueller Erregung befand, deren Intensität am strammen Faltenwurf ihrer Hosen abzulesen war.

Dabei wäre ich auch gerne gewesen.

Besonders taten sich Mitglieder von Verbindungen hervor, vor allem der schlagenden, die ich inbrünstig hasste, schon wegen ihrer rechtslastigen nationalistischen Rituale und ihrer unverhohlenen Arroganz, die ihren Fähigkeiten in keiner Weise entsprach. Viele dieser Quasi-Studenten verließen sich ganz offen auf die nepotistischen Seilschaften, mit denen die „Alten Herren" schon dafür sorgen würden, dass die jungen Verbindungsmitglieder später in die entsprechenden Posten eingeschleust würden. Insbesondere verachtete ich sie aber wegen ihrer männerbündischen Saufrituale, die mit einer scheinbaren Verehrung von Frauen gepaart waren, die in Wahrheit jedoch nur den Grad ihrer Frauenverachtung offenbarten.

Auch Hildy war, wie sie mir später erzählte, von ihnen restlos bedient. Sie war so naiv gewesen

mit ihrer Freundin Ruth einer Einladung zu folgen, weil beide sich dadurch geschmeichelt fühl-
ten und auch ganz einfach neugierig waren. Die
Ernüchterung der beiden jungen Frauen war bereits erheblich, als sie beim Eintreffen gewahr
wurden, dass alle anwesenden Verbindungsmitglieder bereits nahezu komatös betrunken waren, obwohl erst Vormittag war. Einer dieser
hoffnungsvollen Aspiranten auf eine makellose
akademische Karriere, mit der durch nichts ge-
rechtfertigten Überzeugung auf seinen todsiche-
ren Erfolg bei Frauen, hatte unter dem Gejohle
der Mitsäufer der überraschten Hildy Sekt ihre
Beine lang laufen lassen, um ihn anschließend
aus ihren Schuhen zu schlürfen. Angesichts dieser
übergriffigen quasi-sexuellen Fehlleistung entschlossen sie und Ruth sich, die Brutstätte der pu-
bertären Primitiverotik sofort zu verlassen,
wurde jedoch noch von einem Mitglied, der den
Begriff Mit-Glied wohl im wörtlichen Sinne als
hinreichend definitorische Bezeichnung für sich
erachtete, aufgehalten, weil er eine Bitte an Hildy
habe, die sie ihm leicht erfüllen könne. Hildy

hörte dann mit wachsender Wut, um welchen Gefallen sie gebeten wurde: Er wolle sich von seiner Frau scheiden lassen, da er sie sowieso nur wegen eines ungewollten Kindes geheiratet hätte. Beim Geschlechtsverkehr von ihm mit Hildy sollten sie sich von seiner Ehefrau bei sich zu Hause überraschen lassen, um zu erreichen, dass diese in die Scheidung einwilligte.

Allerdings musste ich zugeben, dass die Paukbodenverehrer weniger Scheu vor dem anderen Geschlecht hatten als ich und deswegen beneidete ich sie widerwillig. Jedoch kamen sie mit ihrer nassforschen Art bei Hildy und Ruth nicht zum Zuge.

Hildy studierte, wie ich, als zweites Fach Geografie auf Lehramt für Gymnasien. Ich kannte sie von meinen Aufsichtsstunden, aber es hatte sich noch keine Gelegenheit ergeben, mit ihr länger zu sprechen. Meist war sie nur in Begleitung von Ruth, jedenfalls beruhigte es mich, dass es offensichtlich bisher keinem der erotischen Speichellecker gelungen war zu ihrem Freund zu avancieren, selbst nicht einem ihr näher bekannten Mitglied einer schlagenden Verbindung, dessen Kennzeichen eine Sonnenbrille war, die er stets trug, gleichgültig, ob drinnen oder draußen, ob bei bedecktem Wetter oder strahlendem Sonnenschein. Er hatte den taktischen Fehler begangen, während eines Umtrunks bei Hildy einen Kussversuch zu starten und dabei seine Brille abzusetzen. Die entsetzte Hildy sah daraufhin in zwei blutunterlaufene basedowsche Augen, deren Weißes von geplatzten Äderchen durchzogen war, Säuferaugen eben, deren Geilheit auch den letzten Funken Erotik vernichtete und zu einer unerwarteten Reaktion seitens des Objektes der Begierde führte, nämlich zu einer Ohrfeige für den ungebetenen Verehrer. Die Heftigkeit dieses Schlages spiegelte den Grad des empfundenen Ekels wider und machte dem Sonnenbrillenträger ein - für allemal klar, dass er offensichtlich für einen Kotzbrocken gehalten wurde.

Zeitweise wurde ich aber unsicher, ob nicht doch einer das erreicht hatte, was ich gern erreicht hätte. Jedenfalls lief eine Zeitlang eine männliche

Gestalt neben Hildy her wie ein Hündchen, dessen verspießertes äußere Erscheinungsbild vermuten ließ, dass er möglicherweise der glückliche Nutznießer eines akuten Anfalls von Geschmacksverirrung von Hildy war. Später erfuhr ich, was es mit dieser Begleitperson auf sich hatte. Es handelte sich um Mr. Oberhausen, also eines Studenten aus Oberhausen, den Hildy wegen seines konturlosen Gesichts auch Mr. Pfannekuchen nannte, der sie seit einer gemeinsamen Exkursion ungebeten ständig begleitete. Dabei lief er des Öfteren ein Stück vor, um in ihr Gesicht zu schauen.

Schließlich fragte sie ihn gereizt: „Was glotzt du so?"

Mr. Oberhausen antwortete: „Du bist so schön, ich muss dich immer angucken!"

„Guck woanders hin!", forderte sie ihn barsch auf und zog sich halb die Kapuze vors Gesicht.

Mr. Oberhausen ließ aber nicht locker. Er hatte sich eine topographische Karte seiner

Heimatstadt Oberhausen gekauft, auf der auch noch Bottrop, der Wohnort Hildys, mit dem Straßennetz eingezeichnet war. Hildy war ein Jahr vorher mit ihrer Familie in einen Neubau in einer neuerschlossenen Straße gezogen, weil das alte Haus durch Bergschäden baufällig geworden war. Sie suchte auf der Karte ihren neuen Wohnort, der aber noch nicht eingearbeitet war.

„Die Karte ist etwas ungenau, mein Wohnort und die Straße sind noch nicht drauf!", bemerkte sie.

„Dann trag das doch in die Karte ein!", bat Mr. Oberhausen sie. „Ich lege nämlich großen Wert auf exakte Karten!"

Hildy tat ihm den Gefallen.

Zum Wochenende fuhr Hildy immer nach Hause nach Bottrop. Am folgenden Samstag läutete es an der Tür: Mr. Oberhausen stand da mit seinem Fahrrad. Er wurde von der Mutter hereinkomplimentiert und unterhielt sich mit ihr und den beiden Brüdern ungefähr eine Stunde, während der

Hildy meist durch Abwesenheit glänzte. Dann verabschiedete er sich.

Die Mutter stellte Hildy zur Rede: „Wie kann man nur so unhöflich sein. Der arme Junge ist Halbwaise, sein Vater ist gestorben, da könntest du ruhig etwas zuvorkommender sein. Das ist so ein netter junger Mann, der war sogar mit dem Kaplan in Urlaub!" Hildy hatte jedoch für den verlangten erotischen Samaritereffekt kein Verständnis. „Ich habe ihn nicht eingeladen, also muss ich mich auch nicht um ihn kümmern! Außerdem kann ich ihn nicht leiden und er ist mir zu hässlich."

Damit war für sie die Geschichte erledigt, nicht jedoch für Mr. Oberhausen.

Am darauffolgenden Samstag stand er wieder vor der Haustür, diesmal ohne Fahrrad. Hildy, die die Tür geöffnet hatte, fragte, ohne ihn zu begrüßen: „Wie bist du denn hierhin gekommen?"

„Mit der Bahn!", antwortete Mr. Oberhausen irritiert.

Darauf Hildy: „Warte einen Augenblick, ich hole den Fahrplan, dann schauen wir nach, welches der nächste Zug ist, mit dem du zurückfahren kannst."

Seitdem wurde sie nicht mehr von Mr. Oberhausen verfolgt.

3. Annäherung

Die Gelegenheit für eine allerdings ziemlich belanglos erscheinende Initiative durch mich ergab sich erst, als es während einer geografischen Exkursion, an der Hildy und ich zufällig gemeinsam teilnahmen, zu regnen begann. Im Gelände gab es keine Möglichkeit sich unterzustellen. Ich bot Hildy, die sich gerade in meiner Nähe aufhielt, meinen allgegenwärtigen Riesenschirm an. Sie bemerkte es noch nicht einmal, bis sie durch einen Kommilitonen darauf aufmerksam gemacht wurde und mehr aus Mitleid, denn aus Notwendigkeit, das Angebot annahm, sich allerdings nicht bei mir einhängte. Dennoch betrachtete ich das als großen Sieg, den ich abends, verbunden mit den schönsten Träumereien, reichlich begoss.

Am nächsten Tag folgte nach der körperlichen Ernüchterung auch die erotische: Außer einem freundlichen „Guten Tag!" von Hildy hatte sich nichts verändert. „Immerhin kennt sie mich!", versuchte ich mich zu trösten.

Selbst ihr freundlicher Gruß konnte eine unge-
ahnte Wirkung entfalten. Hildy hatte ein Möchte-
gern-Genie, das sich ständig vordrängte und um
Professoren und Assistenten in devoter Weise
herumscharwenzelte, im Beisein vieler Studenten freundlich gegrüßt mit einem „Guten Morgen, Herr Hirsch!", wobei sie den Namen aussprach, wie es im Ruhrgebiet üblich ist, nämlich
mit einem vokalischen „r", das einem „a" ähnelt.

Herr Hirsch wollte sich wohl vor der Studenten-
schar profilieren und antwortete grob: „Ich heiße
nicht Hiasch, sondern Hirsch!", wobei er den Namen sehr kurz aussprach und das „r" rollte.

„Wenn es Ihnen nicht passt, wie ich sie grüße,
dann grüßen Sie sich das nächste Mal selber,
wenn Sie mich sehen!", war Hildys Antwort. Das
sprach sich herum und seitdem wurde Herr
Hirsch von nahezu allen Studenten mit „Guten
Morgen, Herr Hiasch!" gegrüßt, was ihn so ärgerte, dass er seinen Aufenthalt im Geografischen Institut auf das Notwendigste beschränkte

und hinfort bei den Anglisten sein Glück versuchte.

Dass die flüchtige Bekanntschaft mit Hildy wirklich wichtig wurde, zeigte sich, als sie einmal ein Mittagessen in der Mensa wegen eines anderen Termins ausfallen lassen musste. Allerdings wollte sie ihre Berechtigungskarte für den Mittagstisch, also für ein kostenloses Mittagessen, nicht verfallen lassen und daher an einen Mitstudenten verschenken. An diesem Tag hatte ich wieder Bibliotheksaufsicht, und ihr fiel spontan ein, da sie mich flüchtig kannte, mir die Karte anzubieten. Ich lud sie im Gegenzug für den nächsten Nachmittag in die Studentencafeteria ein, und ihre unvermutete Zusage ließ mich auch an diesem Abend erst nach reichlichem Alkoholgenuss und 20 Roth-Händle unruhig einschlafen, nicht ohne mir vorher einige witzige Knaller zurechtgelegt zu haben, um am nächsten Tag bei ihr Eindruck zu schinden.

Es wurde ein Treffen, das allem Anschein nach einer katastrophalen Pleite entgegensteuerte. Alle meine Scherzchen kamen mir abgestanden und dünn vor und waren es wohl auch. Ich wollte etwas Besonderes darstellen, was mir auch gelang: Ich war besonders verklemmt und redete wie ein Idiot. Vor lauter Nervosität rauchte ich noch mehr als sonst, was Hildy schließlich aus der Reserve lockte, indem sie mit der damals üblichen Distanz unter Studenten bemerkte: „Sie rauchen dermaßen viel, bei einem 1000 m Lauf würde ich Sie glatt überrunden!"

DAS war es.

Sofort bot ich ihr eine Wette an, ihre Einschätzung am nächsten Tag auf dem Studentensportplatz zu beweisen, wobei ich als Wetteinsatz für den Sieger einen kostenlosen Eisbecher im Eiscafé vorschlug.

„Wie langweilig!", kommentierte sie das. „Einen Abend frei saufen in der Petruspinte wäre mir lieber!"

Das ließ mich innerlich frohlocken, da ich selbst als Verlierer einen guten Schritt weiterzukommen hoffte, wozu mir eine Kneipe günstiger erschien als eine Eisdiele.

Aber natürlich wollte ich nicht verlieren. Tatsächlich erschien Hildy zur verabredeten Zeit in knapper sportlicher Kleidung, was meinen Adrenalinspiegel erheblich erhöhte. Wir waren nahezu allein auf dem Sportplatz, als wir das Wettrennen begannen. Es zeigte sich bereits nach wenigen hundert Metern, dass sie im Laufen keine Chance gegen mich hatte. Ich wartete am Ende der geraden Seite der Laufbahn und bot ihr an, dass ich die Krümmung laufen würde, während sie quer über den Platz die Abkürzung nehmen könne. Das tat sie, aber ich hatte sie schnell wieder eingeholt, und auf der Zielgeraden war sie am Ende ihrer Kräfte. Das brachte mich auf den Einfall, dicht hinter ihr zu laufen und sie mit meiner Hand am Rücken anzuschieben, so dass sie als erste die Ziellinie überquerte.

„Du hast gewonnen, also muss ich heute Abend bezahlen!" schummelte ich die vertrautere Anrede ein.

Da lächelte sie mich an: „Ich bin zwar durch dein Geschiebe fast vornübergefallen, aber ich muss zugeben, dass ich die Wette verloren habe! Das hätte ich dir nicht zugetraut! Also bis heute Abend!" Für das vertrautere „Du" und die Verabredung wäre ich noch 10 km gelaufen. Bevor sie ging, bückte sie sich, pflückte drei Gänseblümchen aus dem Rasen und steckte sie mir ins Ohr, was mich bis in die Zehenspitzen erschauern ließ.

Der Abend verlief platonisch, aber höchst amüsant, und er eröffnete die Gelegenheit, Hildy für den nächsten Tag erneut einzuladen. Dann fand nämlich eine Erstaufführung eines amerikanischen Undergroundfilms statt, die sehr interessant zu werden versprach, weil auch der Filmemacher höchstpersönlich anwesend war und sich nachher einer Diskussion stellen wollte. Hildy studierte nämlich Englisch als erstes Fach und ich versprach mir durch die fachlich angepasste Einladung einen erheblichen Prestigegewinn.

Als der Saal sich verdunkelte, zermarterte ich mir mindestens eine halbe Stunde lang den Kopf, ob ich eine Annäherung wagen sollte, bis ich all meinen Mut zusammennahm und mit meinem Knie ihres leicht berührte. Zu meiner unaussprechlichen Freude zog sie ihr Knie aber nicht weg, sondern ließ es stehen. Der Film dauerte noch eine weitere halbe Stunde, aber an seinem Ende hätte ich auch bei einer Strafandrohung von Leib und Leben nicht sagen können, worum es eigentlich gegangen war. Meine einzige intellektuelle Leistung bestand darin noch den Satz zu formulieren: „Was sollen wir hier noch bei der langweiligen Diskussion bleiben! Sollen wir nicht lieber in die Petrus-Pinte gehen? Ich lade dich ein!" Sie stand lächelnd auf und verließ mit mir den Saal.

Nach dem ersten Bier fragte sie mich: „Wird das nicht zu teuer? Gestern und heute schon wieder einen ausgeben?"

Das war mir völlig egal. Allerdings wollte ich eine plausible und beruhigende Erklärung liefern.

„Ach was! Ich muss mir nur die Haare schneiden lassen, dann habe ich wieder Geld!"

Sie schaute mich erstaunt an. „Bisher dachte ich, dass das Geld kostet. Außerdem sind deine Haare sowieso schon kurz, die haben gar keinen Schnitt nötig."

„Das sieht meine Mutter anders. Sie meint, meine Haare wären viel zu lang!"

„So, so, meint deine Mutter das!", meinte sie spöttisch und ich merkte, dass ich mich um Kopf und Kragen redete.

„Zum Glück!", setzte ich noch eins drauf. „Das Geld für das Haareschneiden können wir schon mal versaufen."

„Merkt deine Mutter denn nicht, dass deine Haare nicht geschnitten sind? Das muss ihr doch auffallen!"

„Sie sind ja geschnitten, das ist es ja!"

„Die merkt doch, wenn du das selber machst. Das sieht ja dann noch unmöglicher aus!"

Damit war klar, was sie von meiner Frisur hielt.

„Nein, das macht der Friseur! Ich gebe seinem Sohn Nachhilfe und für das Haareschneiden will er nichts haben. So kann ich noch zusätzlich zum Geld für die Nachhilfestunden das Haarschneidegeld behalten!"

Sie fuhr mit ihrer Hand über meinen Kopf: „Trotzdem zu teuer erkauft!", meinte sie.

Seitdem lasse ich meine Haare wachsen.

Um an Geld zu kommen, spezialisierte ich mich aufs Babysitting.

Die häufigen abendlichen Treffen wurden um nachmittägliche erweitert, und bald waren wir so ineinander verknallt, dass der Wirt abends bemerkte, dass unsere überlangen Küsse unseren Bierkonsum drastisch gesenkt hätten.

Allerdings war mein Verhältnis zur dörflichen Saufgemeinschaft vor dem Tresen durchaus nicht unproblematisch. Mein Vater war überall bekannt, und das schützte mich vor drastischen Konsequenzen bei einigen meiner Einfälle.

So versuchte mich die zockersüchtige Spielerrunde in der Kneipe damit zu ärgern, dass sie ständig herumposaunte, dass die faulen Studenten zu viel Geld vom Staat erhielten anstatt arbeiten zu gehen.

Ich ärgerte mich tatsächlich und schwor Rache.

Die Zockerrunde pflegte zu pokern. Ich stellte mich an den Tischrand. In der Mitte des Tisches lagen über 100 DM als Wetteinsatz.

„Wisst ihr was?", begann ich. „Ich muss mit dem Geld, was da auf dem Tisch liegt, zwei Wochen auskommen. Ihr verspielt das in 5 Minuten, wenn es hoch kommt. Wir lassen jetzt mal ein Spiel ausfallen!"

Schnell grabschte ich mir das gesamte Einsatzgeld von der Tischmitte und spurtete die Tür hinaus. Ich hörte noch die Stühle, die polternd umfielen, als die Zockerrunde nach einer Schrecksekunde aufsprang, um die Verfolgung aufzunehmen.

Die Kneipe lag an einer Straße, die mit drei anderen ein Quadrat bildeten. Um dieses Quadrat rannte ich, so schnell ich konnte, die Verfolger in gehörigem Abstand hinter mir. Schließlich hatte ich die Kneipe wieder erreicht, lief hinein und knallte den Wetteinsatz wieder in die Mitte des Spieltisches. Kurze Zeit später erreichte die Zockerrunde wieder den Schankraum, schäumend vor Wut. „Was fällt dir ein?", schrie der Älteste von ihnen. „Ich weiß gar nicht, was ihr wollt: Ich habe nichts geklaut, und ihr habt noch etwas für eure Gesundheit getan. Außerdem habe ich etwas für eure Bildung getan: Ihr seht jetzt, dass ihr mit unverschämten Summen spielt, verglichen mit meiner Studienhilfe, über die ihr euch immer aufregt!" „Wenn dein Vater nicht wäre, würden wir dir jetzt die Schnauze polieren!", schnaubte der Älteste, und ich hatte keinen Grund daran zu zweifeln. Aber das Thema Studienunterstützung kam hinfort nicht mehr zur Sprache.

Als ich mit Hildy auftauchte, biederten sich plötzlich einige mir bisher nicht Wohlgesonnene als meine alten Kumpel an, besonders wenn wir am

Tresen standen. Sie erzählten mit dröhnendem Lachen über gemeinsame Erlebnisse, die fast alle erlogen waren. Die Affäre mit dem Pokereinsatz wurde dabei auch zum Besten gegeben und als besonders witziger Einfall deklariert. Dann wurde uns beiden ein Bier bestellt, der „alte Kumpan" legte den Arm um meine Schulter, damit es wohl nicht so auffiel, dass er auch den Arm um Hildys Schulter legte. Hildy hasst aufgezwungene körperliche Nähe, besonders wenn sie sich als Kumpelhaftigkeit tarnt. Mit deutlichen Worten wurden die Erotikabstauber von ihr zurechtgewiesen. Insgesamt wurde es aber lästig und wir mieden diese Kneipe.

Manchmal stieß Jojo zu uns. Er hatte auf dem Gymnasium meine Parallelklasse besucht und ich hatte während der Schulzeit wenig mit ihm zu tun. Ich traf ihn einmal zufällig in der Kneipe, wir kamen ins Gespräch, in dessen Verlauf er mir mitteilte, dass seine langjährige Beziehung gescheitert sei und er mal eben raus müsse um sich zu erschießen. Ich hielt das für einen Witz und begleitete ihn nach draußen, um zu sehen, was passierte. Draußen holte er eine Handfeuerwaffe mit den Worten hervor: „Von der Bundeswehr! Geh wieder rein!", und er machte Anstalten, sie sich an den Kopf zu setzen. Ich rannte zu ihm hin und hielt ihm den Arm fest. Das folgende heftige Streitgespräch endete damit, dass wir wieder in der Kneipe landeten, ich die Zeche übernahm und die Handfeuerwaffe vorübergehend konfiszierte.

Seitdem ging Jojo davon aus, dass ich immer seine Zeche übernehmen würde, jedenfalls zahlte er nie. Es kam vor, dass er mit Hildy in der Kneipe auf mich wartete, bis ich beide mit dem Geld fürs Babysitting auslöste, wonach wir, wenn noch Geld übriggeblieben war, auch dieses noch in Bier umsetzten.

Immerhin revanchierte er sich damit, dass er uns beiden, als seine Eltern nicht anwesend waren, das Ehebett überließ. Das qualifizierte ihn später zum Trauzeugen.

4. Zu Zweit

Tag und Nacht versuchten wir als junges Paar zusammen zu sein. Tagsüber war das an der Universität kein Problem. Die Veranstaltungen in Geografie besuchten wir gemeinsam, die beiden anderen Fächer getrennt oder auch manchmal zusammen, Freistunden verbrachten wir mit Arbeit oder gemeinsamen Unternehmungen. Es war das Jahr 1968.

Wir kauften uns Brot und Käse im Tante-Emma-Laden und veranstalteten ein Minipicknick auf der Treppe zum Geografischen Institut. Wir nahmen an Diskussionen und an Demonstrationen teil, studierten aber auch fleißig.

An meinem Geburtstag wollten wir keinen anderen bei uns haben, aber in Köln hatten wir keine Möglichkeit uns allein irgendwo aufzuhalten, weil ich nicht in Köln wohnte und in Hildys Studentinnenwohnheim Männerbesuch nur im Gemeinschaftsraum bis 22 Uhr erlaubt war.

Wo kann man ungestört schmusen? In einem Auto!

Allerdings besaßen wir keins.

Wir kamen daher auf die Idee, an Reihen parkender Autos vorbeizulaufen und zu testen, ob vielleicht ein Wagen nicht verschlossen sei. Man sollte es nicht glauben, aber es gab eine solche Menge unverriegelter PKWs, dass wir mehrere Male unser Schmuselokal wechseln konnten und schließlich nur in Luxusexemplare der Mittel- oder Oberklasse einstiegen. Bei einem dieser Ortswechsel entdeckte uns die Polizei, als wir gerade die Fahrertüren überprüften. Ein Beamter verlangte unsere Ausweise, und wir konnten uns gerade noch herausreden, dass wir aus Albernheit an meinem Geburtstag gerade mal bei fünf Autos versucht hätten, ob ein Fahrer vergessen hatte das Auto zu verriegeln. Der Polizeibeamte schaute auf mein Geburtsdatum im Ausweis, gratulierte mir, als er feststellte, dass ich tatsächlich Geburtstag hatte, ermahnte uns mit dem Blödsinn aufzuhören und ließ uns laufen.

Wir lachten gemeinsam über den Kassierer der Sparkasse, der Hildy kein Geld von ihrem Konto auszahlen wollte und dies so begründete: „Nur der Kontoinhaber hat die Berechtigung, von diesem Konto Geld abzuheben!" und der diesen Satz jedes Mal lauter wiederholte, wenn sie sagte: „Aber der bin ich doch!" Ich ahnte, was der Grund für die mittlerweile öffentliche Kontroverse war, wies unter den Tresen und bat den Kassierer: „Schauen Sie mal, was da ist!" Irritiert beugte er sich über den Tresen und erblickte Hildy in einem knappen Minirock, was seine Annahme, dass sie ein junger Mann sei, ad absurdum führte. Er rannte mit hochrotem Kopf zur Kasse und, begleitet von launigen Kommentaren der feixenden Zuschauer, überreichte er Hildy das Geld.

Das war auch notwendig, denn meine Barschaft war der Dauerbelastung durch die Besuche in der Petruspinte nicht mehr gewachsen.

Bald waren wir unzertrennlich.

Das passte so Manchem aus dem Kreis von Hildys Verehrern nicht.

Dazu zählte auch einer der wissenschaftlichen Assistenten, der stets vor den Professoren kuschte, von dem ich aber durch meinen Bibliotheksdienst wusste, dass er sich die neueste Literatur wochenlang in sein Dienstzimmer stellte, um dann bei studentischen Vorträgen zu kritisieren, dass ja dem Referenten, unter anderen auch der Referentin Hildy, die neueste Literatur unbekannt sei. Aus seinem Herrschaftswissen versuchte er dann bei der weiblichen Studentenschaft nicht ohne Erfolg Kapital zu schlagen. Er war ein Ekel, aber er dünkte sich unwiderstehlich.

Einmal meinte er in meinem Beisein zu einem Pulk von Studenten: „Ich frage mich immer: Wie kommt **der** Mann an **die** Frau?"

„Wissen Sie", sagte ich, „ich erkläre Ihnen jetzt mal die Aussichtslosigkeit Ihres Sexualneides. **Diese** Frau pflegt nämlich immer zu **dem** Mann zu sagen: „Du bist zwar nicht der Schönste, aber es gibt einen Haufen hässlichere. Vor allem ist es bei dir nie langweilig." Wenn Sie bei ihr nicht zum Zuge gekommen sind, werden sie offensichtlich als hässlich **und** langweilig eingeschätzt. Aber trösten Sie sich: Nach Freud bringt Triebverzögerung Lustgewinn und vielleicht wird es ja mal eine Frau mit so großer Sehschwäche und so geringen Ansprüchen geben, dass sogar Sie sich straflos abreagieren können."

Das förderte meinen Bekanntheitsgrad in der Studentenschaft erheblich.

Meinen Eltern konnte ich plausibel machen, dass am Wochenende, bald aber auch an einem oder gar an mehreren Tagen in der Woche, gemeinsames Lernen mit einem Kommilitonen sinnvoller sei. Sie waren zwar erstaunt, dass sich der Kommilitone als eine Kommilitonin entpuppte, kommentierten das aber nicht weiter, weil sie ihnen sympathisch war. Übernachten von uns beiden in einem Zimmer war mit dem Segen der Eltern zu jener Zeit für ein unverheiratetes Paar nicht möglich, die Betten waren in verschiedenen Zimmern bereitet. Meine Eltern gingen von einer rein platonischen, allein durch das gemeinsame

Interesse des besseren Lernens bestimmten Beziehung aus, eine erstaunliche Annahme.

Hildy gewann mich zudem für eine Racheaktion gegen das Studentinnenheim, in dem sie wohnte. Durch das Fenster kletterte ich in ihr Zimmer, blieb einige Stunden dort und verschwand wieder durch das Fenster. Seitdem ist das Studentinnenheim entweiht, aber Hildy hat ihre offene Rechnung mit der administrativ verordneten Keuschheit beglichen.

In mancherlei Hinsicht führte unser Zusammensein auch zu ernüchternden Erfahrungen.

Mit Rino, einem engen Schulfreund seit 10 Jahren, der das Gymnasium schon früher verlassen hatte, um eine Karriere im Versicherungswesen zu beginnen, pflegte ich immer noch recht intensiven Kontakt. Er besaß ein eigenes Auto und verdiente recht gut. Wir beide trafen uns einige Male mit ihm, wobei er sich sehr spendabel zeigte. Bei einem dieser sonntagvormittäglichen Treffen in der Kneipe hatte er sein Haustier mitgebracht, ein Eichhörnchen. Er verbarg es unter seiner Jacke, holte es aber heraus, als Hildy ihn darum bat. Rino war dabei jedoch einen Moment unachtsam, das Eichhörnchen entwich ihm mit einem gewaltigen Sprung und landete auf dem Rücken der Kellnerin, die gerade mit einem Tablett voller Getränke vorbeieilte. Die Kellnerin stieß einen Schrei aus, ließ das Tablett mit sämtlichen Getränken fallen und rannte in Panik hinter die Theke. Daraufhin warf der Wirt uns alle aus der Kneipe, verlangte aber, dass Rino die verschütteten Getränke bezahlen sollte. Rino war da völlig anderer Meinung und war noch drinnen, als wir bereits draußen waren. Hildy und ich kamen überein, auch etwas von der Strafe zu übernehmen und Hildy ging wieder ins Lokal, weil wir uns dachten, dass der Wirt größere Hemmungen hätte, eine junge Frau sofort wieder rauszuschmeißen als einen jungen Mann. Rino und der Wirt diskutierten immer noch heftig, als Hildy Rino die finanzielle Hilfe anbot.

Rino schaute sie erstaunt an, bezahlte sofort die vom Wirt verlangte Summe und meinte dabei: „Ich habe Geld genug. Willst du nicht zu mir kommen? Ich kann dir ganz andere Möglichkeiten bieten! Am besten gehen wir raus und sagen es ihm gleich, dann haben wir es hinter uns!"

Wenn Hildy etwas nicht leiden kann, dann ist es den Versuch über sie zu bestimmen. Ihre Antwort war eindeutig: „Ich gehe nicht zu Arschlöchern!" Sie lief aus dem Lokal, gefolgt von Rino, und teilte mir mit, was ich für ein Arschloch als Freund hätte, weil er ihr angeboten habe, sie abzuschleppen. Ich schrie Rino an: „Was fällt dir ein, du Idiot?"

Er tat auf cool.

„Was regst du dich auf? Mein Grundsatz ist eben: Bei Frauen hört die Freundschaft auf! Da nehme ich, was ich kriegen kann."

Ich war unglaublich sauer und schrie weiter:

„Ich übernehme etwas modifiziert deinen Grundsatz: Bei dieser Frau hört unsere Freundschaft auf. Such woanders!"

Als wir uns voneinander entfernt hatten, meinte Hildy: „Tut mir leid, wenn du meinetwegen einen Freund verloren hast…"

„Welchen Freund?", entgegnete ich. „Wir haben gerade die Reduzierung eines Menschen auf sein Wesen erlebt. Dieses Wesen kann mit einem Körperteil charakterisiert werden, den du bereits genannt hast!"

„Manchmal bist du süß, wenn du so kompliziert redest!", lachte sie und küsste mich.

5. Antrittsbesuch

Das Ergebnis unseres ständigen Zusammenseins manifestierte sich nach einigen Monaten darin, dass der Schwangerschaftstest positiv ausfiel. Für uns beide stellte das kein Problem dar, wir wollten sowieso zusammenbleiben.

An Nebensächlichkeiten, wie ausreichendes Einkommen, weiterlaufendes Studium, eine größere Wohnung, Betreuung eines Säuglings und weitere Folgen dachten wir erst gar nicht.

Vordringliches Problem war für uns: Wie konnte man die neue Lage den Eltern beibringen?

Ich erklärte sie zuerst meinen Eltern.

Die erste Reaktion meiner Mutter bestand in dem Ausruf: „Ich wusste gar nicht, dass du das kannst!"

Mein Vater fragte ratlos: „Und jetzt?"

Ich antwortete: „Es gibt drei Möglichkeiten: Abtreiben, Sitzenlassen oder Heiraten."

Meine Mutter wurde sofort wütend: „Wenn du die net hierots, luure me dich mem Arsch net mi aan!" („Wenn du die nicht heiratest, schauen wir dich mit dem Arsch nicht mehr an!")

Damit war für meine Mutter der weitere Weg klar und akzeptiert, mein Vater hatte allerdings Furcht vor der Reaktion der Leute im Dorf, was meine Mutter dazu veranlasste, ihre Meinung dazu zu sagen: „De Lück sin mir scheißejal, wat jonn mich de Lück aan!" („Die Leute sind mir scheißegal, was gehen mich die Leute an!") Sie hegte sogar die Hoffnung, dass ihr sehnlichster Wunsch in Erfüllung gehen werde. Meine Schwester war zwei Jahren zuvor nach Kanada ausgewandert, und meine Mutter litt schrecklich darunter, sie konnte sich nicht damit abfinden. Vielleicht würde die Schwester endlich zurückkommen, um dem Bruder und der neu entstehenden Familie zu helfen, so hoffte sie. Die Schwester ahnte tatsächlich, dass ihre Hilfe in der neuen Lage unabdingbar war und sie war bereit zu helfen. Tatsächlich erfüllte sich also die Hoffnung meiner Mutter, und sie war der glücklichste

Mensch, als sie ihre Tochter nach der Rückkehr wieder umarmen konnte.

So hatte die neue Lage die Situation der Familie verbessert, wenngleich keinem so richtig klar war, wie es weitergehen sollte.

Ungleich schwieriger war die Lage für Hildy. Sie hatte sich vorgenommen, am Wochenende mit den Eltern zu reden. Allerdings hatte ihre Mutter bei einem ähnlichen Fall in der Nachbarschaft die Meinung geäußert, wenn das in ihrer Familie passieren sollte, dann würde sie ihre Tochter sofort rausschmeißen und sie ab dann nicht mehr kennen. Bis zu dem Zeitpunkt, an dem Hildy schwanger wurde, hatte mich ihre Familie noch nicht gesehen. Hildy sah das nicht dramatisch: „Ich bin doch schwanger, nicht du!" Schließlich entschlossen wir uns, an einem Wochenende gemeinsam ihre Familie zu besuchen.

Als Verstärkung wollten wir unseren künftigen Trauzeugen Jojo mitnehmen.

Ich hatte zur Feier des Tages einen weißen, gewebten marokkanischen Hirtenmantel angezogen, der mir in Verbindung mit meinen inzwischen langen Haaren und dem Vollbart das Aussehen eines gegen die Kolonialmacht kämpfenden arabischen Stammesfürsten verlieh. Dieses pittoreske Gesamtkunstwerk fand jedoch nicht den Beifall der zukünftigen Verwandtschaft, was mir damals gänzlich unverständlich war, mir heute jedoch nicht abwegig erscheint.

Während des Besuchs war besonders Jojo in Hochform, wahrscheinlich um sich als idealen Trauzeugen der Familie zu empfehlen. Er parlierte angelegentlich über sämtliche Belanglosigkeiten, die meine zukünftige Schwiegermutter ansprach. Sie meinte schließlich, dass Jojo, der der Familie nur als gemeinsamer Freund vorgestellt worden war, eindeutig besser zu Hildy passe.

„Wer zu mir passt, bestimme ich immer noch selber!" entschied Hildy, beschloss aber ihre Schwangerschaft in dieser Situation nicht mitzuteilen. Bei Jojo gewann ich den Eindruck, dass er eine Entwicklung im Sinne der Mutter gar nicht ungern gesehen hätte.

Die Regelungen fürs Übernachten wurden peinlich genau nach den Prinzipien der katholischen Morallehre und nach den westfälischen Benimmregeln vorgenommen, damit das nicht passieren sollte, was längst passiert war. Da die Berechtigung dieser Forderungen des Über-Ichs offensichtlich logisch nicht belegt werden konnte, sondern durch die Fakten bereits außer Kraft gesetzt war, hielten wir uns nicht an die moralischen Vorgaben.

In dieser verfahrenen Situation hielt Hildy es nicht für geraten, ihren Familienmitgliedern noch weitere Überraschungen zuzumuten.

Deswegen entschloss sie sich, der Familie die Neuigkeiten vorsichtshalber eine Woche später telefonisch mitzuteilen.

„Hallo Mutter! Ich wollte dir eine freudige Mitteilung machen!"

„Wie gut! Also wird die Studienförderung doch verlängert?"

„Es geht darum, dass der Kreis unserer Familie sich vergrößern wird!"

Schweigen.

Dann: „Jupp, Jupp, gib mir sofort einen Stuhl!"

Dann: „Ich habe mich schon gefragt, warum du am Wochenende nicht mehr kommst. Und als ich mir deine Unterhosen angesehen habe, konnte ich keine Spuren mehr von deiner Menstruation erkennen, das kam mir schon komisch vor. Wenn du jetzt hier wärst, würde ich dir eine runter-hauen!"

Dann siegte aber die mütterliche Fürsorge. Die Mutter fragte nach dem Gesundheitszustand und in der Folge schickte sie Pakete mit Obst und, weil Januar war, einen drei Meter langen gestrickten Schal.

6. Heiraten

Beide aus katholischen Familien stammend, war die kirchliche Trauung eine selbstverständliche Erwartung an uns, gegen die zu opponieren einen Abbruch der Beziehungen mit den Familien zur Folge gehabt hätte.

Die Termine der standesamtlichen und der kirchlichen Trauungen lagen ursprünglich kurz hintereinander. Zunächst sollte die standesamtliche Trauung im Januar ohne großen Aufwand stattfinden.

Zwischen zwei Veranstaltungen an der Uni setzten Hildy und ich uns in die Straßenbahn und fuhren zum Rathaus Köln-Altstadt, um das Aufgebot zu bestellen, d.h. uns anzumelden. Es war kalt, beide waren wir mit 3 m langen schwarzen Schals umwickelt, dazu Hildy im Parka, ich im schäbigen braunen Mantel undefinierbaren Materials, von dem ich verschwieg, dass meine Mutter ihn für mich gekauft hatte.

An der Rezeption fragten wir den Herrn, wo man das Aufgebot bestellen könne.

„Die Aufgebote könnt ihr im Glaskasten da drüben sehen. Da stehen sie alle", beschied er uns.

„Wir wollen keine lesen, sondern eins bestellen!"

Er sah uns verständnislos an. „Da müssen die Herrschaften schon selber kommen!"

„Wir sind doch hier!"

Er sah uns kurz an, dann begriff er: „Was, ihr wollt heiraten?"

„Wenn Sie nichts dagegen haben…"

„Ihr seid doch noch viel zu jung!"

„Meinen Sie nicht, dass wir das selber wissen müssen?"

„Wie ihr wollt. Aber denkt an meine Worte: So versaut man sich das Leben!"

Da wunderte uns auch nicht mehr die einleitende Frage der zuständigen Standesbeamtin: „Kommen Sie aus dem Untergrund?" Im Laufe des weiteren Gesprächs fragte sie uns, welche Farbe unser Familienstammbuch haben sollte, wir könnten zwischen braun und rot wählen. „Rot!", sagten wir gleichzeitig, was sie zu dem Kommentar veranlasste: „Das habe ich mir gedacht!"

Jedenfalls erreichten wir es, die kürzest mögliche Wartefrist bis zur Trauung festzulegen.

An der Uni erzählten wir keinem von unserem Vorhaben.

Schließlich war es soweit. Mit der Straßenbahn fuhren wir mit unseren Trauzeugen, nämlich meinem Vater und Jojo, zum Standesamt. Der Standesbeamte war zunächst ziemlich verunsichert, weil er weder ein besonders festlich gekleidetes Paar noch eine Hochzeitsgesellschaft vorfand, sondern einen älteren Mann mit drei jungen Leuten. Nachdem man ihm erklärt hatte, bei wem es sich um das Brautpaar handelte, bearbeitete er einige Schriftstücke, fragte uns aber nicht, ob wir Eheringe hätten, und wir sagten es ihm auch nicht. Dann hielt er eine sterbenslangweilige Rede, die er abrupt abbrach, als er merkte, dass ich geistesabwesend aus dem Fenster sah. Der Standesbeamte wies Hildy beim Unterschreiben der Urkunde darauf hin, mit ihrem neuen Familiennamen zu unterschreiben, die dazu nickte und prompt mit ihrem ehemaligen Familiennamen unterschrieb, und als sie den Fehler bemerkte, den alten Familiennamen durchstrich und ihren neuen Familiennamen darüberschrieb.

Danach tauschten wir unsere Ringe auf dem Flur ohne Standesbeamten aus.

Das Hochzeitsessen bestand aus Schweinshaxe und Kartoffelpüree mit Sauerkraut. An ihm nahm auch noch ein alter Freund, Pidder, teil, der mit seinem Auto, einem 2CV, eigens angereist war, jedoch erst am Ende der Zeremonie eintraf, weil meine Mutter ihn noch gezwungen hatte sich umzuziehen. Er bot an uns mit seinem Auto zur Uni zurückzufahren, damit wir an den Nachmittagsveranstaltungen teilnehmen konnten. Der 2CV blieb vor jeder roten Ampel stehen, war dann aber nicht mehr von allein in Bewegung zu setzen und musste deswegen von den Trauzeugen immer wieder angeschoben werden.

An der Uni traf ich auf Manni, der fließend Latein sprechen konnte und der einer der hartnäckigsten Verehrer Hildys war, wohl ernste Absichten hegte und mich als eine ihrer vorübergehenden Marotten abtat. Ich streckte ihm die Finger meiner rechten Hand aufrecht mit dem Handrücken entgegen.

„Was?", rief er. „Du hast in der Klausur nur eine 4 geschrieben?"

Ich zeigte auf den Ring.

„Was ist das?", fragte er.

„Ich habe gerade geheiratet!"

„Wirklich? Herzlichen Glückwunsch! Kenne ich die Glückliche?"

„Ich denke schon! Sie heißt Hildy!"

„Doch nicht die… Das glaube ich nicht!"

Ich nahm den Ehering vom Finger und zeigte ihm die Gravur mit Datum vom selben Tag und den Namen.

Ich habe noch nie einen Menschen so schnell leichenblass werden sehen. Da tat er mir leid.

Hildy war zu ihrem Chemiepraktikum gegangen. An diesem Tag hatten sie und ihr Partner das Ergebnis einer chemischen Analyse abzugeben. Leider stellte sich heraus, dass der Partner der Aufgabe nicht gewachsen war, das Ergebnis war unbrauchbar. Hildy und ihr Partner sollten in dieser Sitzung und auch noch unmittelbar danach neue Lösungen ansetzen.

„Das geht nicht!", sagte Hildy zum Leiter des Praktikums.

„Warum nicht?" Der Leiter war nicht amüsiert.

„Ich habe heute Mittag geheiratet. Am Abend warten die Gäste auf mich!", folgte die Erklärung.

„So, so, geheiratet haben Sie. Drunter tun Sie es wohl nicht!"

Hildy zog ihren Ehering vom Finger und zeigte dem Leiter das eingravierte Datum.

„Sie können natürlich gehen!", entschied er. „Ich habe mich schon gewundert, dass Sie heute im Kleid erschienen sind." Jetzt war der Leiter amüsiert.

Vor der kirchlichen Hochzeit war es üblich, den Brautunterricht beim Pfarrer zu absolvieren. Der zuständige Pfarrer, der bekannt für seine krypto-erotischen Annäherungsversuche bei gläubigen und willigen Mittfünfzigerinnen war, erklärte sich damit einverstanden, den Unterricht auf eine Sitzung zu reduzieren, die er deswegen noch besonders kurz gestaltete, „weil ja alles in diesem Heftchen steht und ihr sowieso Bescheid wisst." Das Einzige, was ich von dem von ihm überreichten Heftchen behalten habe, ist der Rat für die Frauen, sich vor der ehelichen Pflichterfüllung zu frisieren, wahrscheinlich, damit die Forderung der Kirche nach einer lebenslangen Beziehung unterstrichen würden, mit Dauerwellen.

Alle Gäste für die kirchliche Hochzeit mussten jedoch wieder ausgeladen werden, weil meine Mutter ernstlich erkrankt war. Als die Trauung zwei Monate später im April stattfinden konnte, war der Bauch von Hildy schon deutlich angewachsen. Der Rock ihres Abiturkostüms war als Hochzeitsbekleidung vorgesehen, er passte nur noch, wenn er am Bauch mehrmals umgeschlagen wurde. Das hatte zur Folge, dass sie im Minirock vor dem Altar stand.

Die Stimmung war am Tag der kirchlichen Trauung gereizt, weil wir noch im Bett lagen, als die Verwandtschaft eine halbe Stunde vor dem Trauungstermin vorfuhr. Daher kamen sie und das Brautpaar zu spät, zumal auch noch Parkplätze gesucht werden mussten. Die bereits wartende Hochzeitsgemeinde in der Kirche mutierte schon zur Trauergemeinde, vor allem, als der Pfarrer nach geraumer Zeit verkündete, er werde nun nicht mehr länger warten, und zurück zum Pfarrhaus ging. Dabei sah ich ihn zufällig, lief hinter ihm her und konnte ihn überzeugen, doch noch seines Amtes zu walten.

Von den Geschenken sind mir zwei in guter Erinnerung geblieben: von dem einen Bernd eine Dose Thunfisch, von dem anderen Bernd ein

Kochbuch, das der Hauptvorschlagsband bei Ber-
telsmann war und das man erwerben musste,
wenn man zu faul war, ein anderes Buch zu bestellen. Es steht heute noch zerfleddert auf dem
Küchenregal.

Die Hochzeitsreise fand wegen der bevorstehen-
den Geburt unseres ersten Kindes zwei Jahre später statt und war eine Trampfahrt nach Norwe-
gen. Auch wenn sie nur 10 Tage dauerte und Pfer-
deställe oder Stapel von Holzbrettern als Unter-
kunft dienten, so war sie doch sehr romantisch.
Hauptthema unserer Gespräche war, ob unser
erstes Kind ein Geschwisterchen bekommen
sollte. Wir ahnten noch nicht, dass es vier werden
sollten.